总 策 划 ◎ 陈越光

总 创 意 ◎ 戴士和

选　　编 ◎ 中国青少年发展基金会

注　　音
　　　　　◎ 中国文化书院
注　　释

　　　　　　　尹　洁（子集、丑集）　刘　一（寅集、卯集）

注释小组 ◎ 杨　阳（辰集、巳集）　丛艳姿（午集、未集）

　　　　　　　黄漫远（申集、酉集）　方　芳（戌集、亥集）

注释统稿 ◎ 徐　梓

文稿审定 ◎ 陈越光

装帧设计 ◎ 陈卫和

十二生肖图绘制 ◎ 戴士和

诵　　读 ◎ 喻　梅　齐靖文

　　　　　　　陈　光　李赠华　黄　丽　林　巧　王亚苹
审　　读 ◎
　　　　　　　吕　飞　刘　月　帖慧祯　赵一普　白秋霞

中华古诗文读本

丑集

中国青少年发展基金会　编
中国文化书院　注　释
陈越光　总策划

中国大百科全书出版社

致读者

这是一套为"中华古诗文经典诵读工程"而编辑的图书，主要有以下几个特点：

1. 版本从众，尊重教材。教材已选篇目，除极个别注音、标点外，均以教材为准，且在标题处用★标示；教材未选篇目，选择通用版本。

2. 注音读本，规范实用。为便于读者准确诵读，按现代汉语规范对所选古诗文进行注音。其中，为了音韵和谐，个别词语按传统读法注音。

3. 简注详注，相得益彰。为便于读者集中注意力，沉浸式诵读，正文部分只对必要的字词进行简注。后附有针对各篇的详注，以便于读者进一步理解。每页上方标有篇码。正文篇码与解注篇码标识一致，互为阴阳设计，以便于读者逐篇查找相关内容。

4. 准确诵读，规范引领。特邀请中国传媒大学播音主持艺术学院的专家进行诵读。正确的朗读，有助于正确的理解。铿锵悦耳的古诗文音韵魅力，可以加深印象，帮助记忆，从而达到诵读的效果。

5. 科学护眼，方便阅读。按照国家2022年的新要求，通篇字体主要使用楷体、宋体，字号以四号为基本字号。同时，为求字距疏朗，选用大开本；为求色泽柔和，选用暖色调淡红色并采用双色印刷。

读千古美文　做少年君子

20多年前，一句"读千古美文，做少年君子"的行动口号，一个"直面经典，不求甚解，但求熟背，终身受益"的操作理念，一套"经典原文，历代名篇，拼音注音，版本从众"的系列读本，一批以"激活传统，继往开来，素质教育，人文为本"为己任的教师辅导员，一台"以朗诵为主，诵演唱并茂"的古诗文诵读汇报演出……活跃在百十个城市、千百个县乡、几万所学校、几百万少年儿童中间，带动了几千万家长，形成一个声势浩大的"中华古诗文经典诵读工程"。

今天，我们再版被誉称为"经典小红书"的《中华古诗文读本》，续航古诗文经典诵读工程。当年的少年君子已为人父母，新一代再起书声琅琅，而在这琅琅书声中成长起来的人们，在他们漫长的一生中，将无数次体会到历史化作诗文词句和情感旋律在心中复活……

从孔子到我们，2500年的时间之风吹皱了无数代中华儿女的脸颊。但无论遇到什么，哪怕是在历史的寒风中，只要我们静下心来，从利害得失的计较中，甚至从生死成败的挣扎中抬起头来，我们总会看到一抹阳光。阳光下，中华文化的山峰屹立，我们迎面精神的群山——先秦诸子，汉赋华章，魏晋风骨，唐诗宋词，理学元曲，明清小说……一座座青山相连！无论你身在何处，无论你所处的境遇如何，一个真正文化意义上的中国人，只要你立定脚跟，背后山头飞不去！

陈越光

2023 年 1 月 8 日

★陈越光：中国文化书院院长、西湖教育基金会理事长

激活传统　继往开来

21世纪来临了，谁也不可能在一张白纸上描绘新世纪。21世纪不仅是20世纪的承接，而且是以往全部历史的承接。江泽民主席在访美演讲中说："中国在自己发展的长河中，形成了优良的历史文化传统。这些传统，随着时代变迁和社会进步获得扬弃和发展，对今天中国的价值观念、生活方式和中国的发展道路，具有深刻的影响。"激活传统，继往开来，让21世纪的中国人真正站在五千年文化的历史巨人肩上，面向世界，开创未来。可以说，这是我们应该为新世纪做的最重要的工作之一。

为此，中国青少年发展基金会在成功地推展"希望工程"的基础上，又将推出一项"中华古诗文经典诵读工程"。该项活动以组织少年儿童诵读、熟背中国经典古诗文的方式，让他们在记忆力最好的时候，以最便捷的方式，获得古诗文经典的基本熏陶和修养。根据"直面经典、有取有舍、版本从众"的原则，经专家推荐，我们选编了300余篇经典古诗文，分12册出版。能熟背这些经典，可谓有了中国文化的基本修养。据我们在上千名小学生中试验，每天诵读20分钟，平均三五天即可背诵一篇古文。诵读数年，终身受益。

背诵是儿童的天性。孩子们脱口而出的各种广告语、影视台词等，都是所谓"无意识记忆"。有心理学家指出，人的记忆力在儿童时期发展极快，到13岁达到最高峰。此后，主要是理解力的增强。所以，在记忆力最好的时候，少记点广告词，多背点经典，不求甚解，但求熟背，是在做一种终生可以去消化、理解的文化准备。这很难是儿童自己的选择，主要是家长的选择。

有的大学毕业生不会写文章，这是许多教育工作者不满的现状。中国的语言文字之根在古诗文经典，这些千古美文就是最好的范文。学习古诗文经典的最好方法就是幼时熟背。现在的学生们往往在高中、大学时期为文言文伤脑筋，这时内有考试压力，外有挡不住的诱惑，可谓既有"丝竹之乱耳"，又有"案牍之劳形"，此时再来背古诗文难道不是事倍功半吗？这一点等到学生们认识到往往已经晚了，师长们的远见才能避免"亡羊补牢"。

读千古美文，做少年君子。随着"中华古诗文经典诵读工程"的逐年推广，一代新人的成长，将不仅仅受益于千古美文的文学滋养——"天下为公"的理念；"宁为玉碎，不为瓦全"的风骨；"先天下之忧而忧，后天下之乐而乐"的胸怀；"富贵不能淫，贫贱不能移，威武不能屈"的操守；"位卑未敢忘忧国"的精神；"无为而无不为"的智慧；"己所不欲，勿施于人""己欲立而立人，己欲达而达人"的道德原则……这一切，都将成为新一代中国人重建人生信念的精神源泉。

愿有共同热情的人们，和我们一起来开展这项活动。我们只需做一件事：每周教孩子背几首古诗或一篇五六百字的古文经典。

书声琅琅，开卷有益；文以载道，继往开来！

陈越光

1998 年 1 月 18 日

★陈越光时任中国青少年发展基金会社区文化委员会主任、中国文化书院副院长。

与先贤同行　做强国少年

　　中华优秀传统文化源远流长，博大精深，是中华民族的宝贵精神矿藏。在这悠久的历史长河中，先后涌现出无数的先贤，这些先贤创作了卷帙浩繁的国学经典。回望先贤，回望经典，他们如星月，璀璨夜空；似金石，掷地有声；若箴言，醍醐灌顶。

　　为弘扬中华民族优秀传统文化，让广大青少年汲取中华优秀传统文化的养分，中国青少年发展基金会遵循习近平总书记寄语希望工程重要精神，结合新时代新要求，在二十世纪九十年代开展"中华古诗文经典诵读活动"的基础上，创新形式传诵国学经典，努力为青少年成长发展提供新助力、播种新希望。

　　"天行健，君子以自强不息；地势坤，君子以厚德载物。"与先贤同行，做强国少年。我们相信，新时代青少年有中华优秀传统文化的滋养，不仅能提升国学素养，美化青少年心灵，也必然增强做中国人的志气、骨气、底气，努力成长为强国时代的栋梁之材。

郭美荐

2023 年 1 月 16 日

★郭美荐：中国青少年发展基金会党委书记、理事长

目录

目录

目录

《论语》四章

一 ★

子曰："君子食无求饱，居无求安①，敏②于事而慎③于言，就④有道⑤而正⑥焉，可谓好学也已。"

选自《学而篇第一》

二 ★

子曰："知之者不如好⑦之者，好之者不如乐⑧之者。"

选自《雍也篇第六》

①安：舒适。 ②敏：敏捷。 ③慎：谨慎。 ④就：靠近。 ⑤有道：有道德、有学问之人。 ⑥正：端正，匡正。 ⑦好：爱好，喜欢。 ⑧乐：以……为乐。

三

zǐ yuē　　　dé zhī bù xiū　　xué zhī bù jiǎng　　wén
子曰："德之不修⑨，学之不讲⑩，闻
yì bù néng xǐ　　　bú shàn bù néng gǎi　　　shì wú yōu yě
义不能徙⑪，不善不能改，是吾忧也。"

xuǎn zì　　shù ér piān dì qī
选自《述而篇第七》

四

zǐ yuē　　　wú cháng zhōng rì bù shí　　zhōng yè bù
子曰："吾尝⑫终日不食，终夜不
qǐn　　yǐ sī　　wú yì　　　bù rú xué yě
寝⑬，以思，无益⑭，不如学也。"

xuǎn zì　　wèi líng gōng piān dì shí wǔ
选自《卫灵公篇第十五》

---

⑨修：培养。　⑩讲：讲习。　⑪徙：追随，顺应。　⑫尝：曾经。
⑬寝：睡觉，休息。　⑭益：益处，好处。

《老子》二章

一

上善①若水。水善利万物而不争，处②众人之所恶，故几③于道。

居善地，心善渊④，与⑤善仁，言善信，政善治，事善能，动善时。

夫唯不争，故无尤⑥。

选自《上篇道经八章》

---

①上善：最高等的善。②处：停留，居住。③几：接近。④渊：深沉，沉静。 ⑤与：和别人交往。 ⑥尤：过失，怨咎。

二

chí ér yíng zhī　　bù rú qí yǐ
持而盈⑦之，不如其已⑧；

zhuī ér ruì zhī　　bù kě cháng bǎo
揣⑨而锐之，不可常保。

jīn yù mǎn táng　　mò zhī néng shǒu
金玉满堂，莫⑩之能守；

fù guì ér jiāo　　zì yí qí jiù
富贵而骄，自遗其咎⑪。

gōng suì shēn tuì　　tiān zhī dào yě
功遂身退，天之道也。

xuǎn zì　　shàng piān dào jīng jiǔ zhāng
选自《上篇道经九章》

---

⑦盈：满。　⑧已：停止。　⑨揣：捶击，敲打。　⑩莫：代词，没有谁。
⑪咎：灾祸。

《孟子》一则

孟子曰："天时不如地利，地利不如人和。三里之城①，七里之郭②，环③而攻之而不胜。夫环而攻之，必有得天时者矣；然而不胜者，是天时不如地利也。城非不高也，池④非不深也，兵革非不坚利也，米粟非不多也，委⑤而去之，是地利不如人和也。故曰：域⑥民不以封疆之界，固国不以山溪之险，威⑦天下不以兵革之利。"

选自《公孙丑章句下》

---

①城：内城。　②郭：外城。　③环：环绕，围绕。　④池：护城河。
⑤委：丢弃。　⑥域：限定，界限。　⑦威：威令。

《庄子》一则

孔子见老聃归，三日不谈①。弟子问曰："夫子见老聃，亦将何规②哉？"孔子曰："吾乃今于是乎见龙！龙，合而成体，散而成章③，乘云气而养④乎阴阳。予口张而不能嗋⑤，予又何规老聃哉！"子贡曰："然则人固有尸居而龙见，雷声而渊默，发动如天地者乎？赐亦可得而观乎？"遂以孔子声见老聃。

选自《天运第十四》

---

①不谈：没有提起。 ②规：规劝，劝谏。 ③章：华美的文采。
④养：通"翔"，翱翔。 ⑤嗋：闭上。

《尉缭子》一则

苍苍之天，莫知其极①。帝王之君，谁为法则？往世不可及，来世不可待，求己者②也。所谓天子者四焉：一曰神明，二曰垂光，三曰洪叙，四曰无敌。此天子之事也。野物不为牺牲③，杂学不为通儒④。今说者曰："百里之海，不能饮一夫；三尺之泉，足以止三军渴。"臣谓：欲生于无度⑤，邪生于无

①极：尽头，顶点。 ②求己者：依靠自己的努力。 ③牺牲：供奉的祭品。 ④通儒：通晓各方面知识的儒生。 ⑤度：限度，节制。

5

禁^⑥。太上神化，其次因物，其下在于无夺民时，无损民财。夫禁必以武^⑦而成，赏必以文^⑧而成。

选自《治本第十一》

---

⑥禁：禁令。 ⑦武：武力。 ⑧文：思想教化。

《易传》一则

《易》曰："憧憧①往来，朋从②尔思。"子曰："天下何思何虑？天下同归而殊涂③，一致而百虑。天下何思何虑？日往则月来，月往则日来，日月相推④而明生焉。寒往则暑来，暑往则寒来，寒暑相推而岁成焉。往者，屈⑤也；来者，信⑥也；屈信相感⑦而利⑧生焉。尺蠖⑨之屈，以求信也；龙蛇之

①憧憧：往来不绝之状。 ②朋从：同类相从。 ③涂：通"途"，路途。 ④相推：相互推移。 ⑤屈：弯曲。 ⑥信：通"伸"，伸展。 ⑦感：感应。 ⑧利：利益，好处。 ⑨尺蠖：蛾的幼虫，体柔软细长，屈伸而行。

蛰⑩，以存身也。精义入神，以致用也；利用安身，以崇德也。过此以往，未之或知也。穷神知化，德之盛也。"

选自《系辞下》

---

⑩蛰：蛰伏。

论积贮疏

贾 谊

管子曰："仓廪①实而知礼节。"民不足②而可治者，自古及今，未之尝闻。古之人曰："一夫不耕，或受之饥；一女不织，或受之寒。"生之有时，而用之亡③度④，则物力必屈⑤。古之治天下，至纤⑥至悉⑦也，故其畜⑧积足恃⑨。今背本而趋末，食者甚众，是天下之大残⑩也；淫侈之俗，日日以长，是天下

---

①仓廪：贮藏米谷的仓库。 ②不足：指衣食不足，缺吃少穿。
③亡：通"无"。 ④度：限制，节制。 ⑤屈：竭，穷尽。 ⑥纤：通
"纤"，细致。 ⑦悉：详尽，周密。 ⑧畜：通"蓄"。 ⑨恃：依赖，依
靠。 ⑩残：危害，祸害。

之大贼⑪也。残贼公行，莫之或止；大命⑫将泛⑬，莫之振救。生之者甚少而靡⑭之者甚多，天下财产何得不蹶⑮！汉之为汉几四十年矣，公私之积犹可哀痛！失时⑯不雨，民且狼顾；岁恶⑰不入，请卖爵子。既闻耳矣，安有为天下阽危⑱者若是而上不惊者！

世之有饥穰⑲，天之行也，禹汤被之矣。即⑳不幸有方二三千里之旱，国胡以相恤㉑？卒然㉒边境有急，数十百万

⑪贼:危害,祸害。 ⑫大命:国家的命运。⑬泛:通"覂",倾覆,覆灭。 ⑭靡:耗费。⑮蹶:穷尽,耗尽。⑯失时:错过季节。⑰岁恶:年景不好。 ⑱阽危:临近危险。 ⑲饥穰:荒年和丰年。这里为偏义副词,指荒年。⑳即:假如,如果。㉑恤:周济,救济。㉒卒然:突然。卒,通"猝"。

之众，国胡以馈㉓之？兵旱相乘㉔，天下大屈㉕，有勇力者聚徒而衡击㉖，罢㉗夫赢㉘老易㉙子而咬其骨。政治未毕㉚通也，远方之能疑者㉛，并举而争起矣。乃骇㉜而图㉝之，岂将有及乎？

夫积贮者，天下之大命㉞也。苟粟多而财有余，何为而不成？以攻则取，以守则固，以战则胜。怀敌附远，何招而不至？今殴㉟民而归之农，皆著㊱于

㉓馈：进食于人，此处指发放粮饷，供养军队。 ㉔相乘：交互侵袭。
㉕屈：缺乏。 ㉖衡击：横行劫掠攻击。衡，通"横"。 ㉗罢：通"疲"。
㉘赢：瘦弱。 ㉙易：交换。 ㉚毕：完全，副词。㉛疑者：疑，同"拟"，
模拟，指僭越本分，自比于皇帝。此处指反抗朝廷的人。㉜骇：受惊，
害怕。 ㉝图：谋划，想办法对付。 ㉞大命：大命脉，犹言"头等大
事"。 ㉟殴：同"驱"，驱使。 ㊱著：附着。

本，使天下各食其力，末技游食之民
转而缘南亩，则畜积足而人乐其所矣。
可以为富安天下，而直为此廪廪③也，
窃为陛下惜之。

---

③廪廪：同"懔懔"，危惧的样子，此处指令人害怕的局面。

《淮南子》一则

刘 安

治国有常①，而利民为本；政教②有经③，而令行④为上。苟利于民，不必法⑤古；苟周⑥于事，不必循旧。夫夏商之衰也，不变法而亡。三代之起⑦也，不相袭⑧而王⑨。故圣人法与时变，礼与俗化⑩，衣服器械各便其用，法度制令各因其宜。故变古未可非，而循俗未足多⑪也。

---

①常：恒常不变的原则。 ②政教：政治和教化。 ③经：常规。 ④令行：政令能行得通。 ⑤法：效仿。 ⑥周：适合，合乎。 ⑦起：兴起。 ⑧袭：因循。 ⑨王：成就王业。 ⑩化：改易，改变。 ⑪多：称赞。

8

bǎi chuān yì yuán ér jiē guī yú hǎi　　bǎi jiā shū yè
百川异源而皆归于海，百家殊业

ér jiē wù yú zhì　　wáng dào quē ér　　shī　zuò　zhōu
而皆务于治。王道缺而《诗》作，周

shì fèi⑫　　lǐ yì huài ér　　chūn qiū　zuò　　shī　chūn
室废⑫、礼义坏而《春秋》作。《诗》《春

qiū　　xué zhī měi zhě yě　　jiē shuāi shì zhī zào yě　　rú
秋》，学之美者也，皆衰世之造也，儒

zhě xún zhī yǐ jiào dǎo yú shì　　qǐ ruò sān dài zhī shèng
者循之以教导于世，岂若三代之盛

zāi　　yǐ　shī　chūn qiū　　wéi gǔ zhī dào ér guì⑬zhī
哉！以《诗》《春秋》为古之道而贵⑬之，

yòu yǒu wèi zuò　shī　chūn qiū　zhī shí　　fú dào⑭ qí
又有未作《诗》《春秋》之时。夫道⑭其

quē yě　　bú ruò dào qí quán yě　　sòng xiān wáng zhī　shī
缺也，不若道其全也。诵先王之《诗》

shū　　bú ruò wén dé qí yán　　wén dé qí yán　　bú ruò
《书》，不若闻得其言；闻得其言，不若

dé qí suǒ yǐ yán　　dé qí suǒ yǐ yán zhě　　yán fú néng yán
得其所以言。得其所以言者，言弗能言

yě　　gù dào kě dào zhě　　fēi cháng dào yě
也。故道可道者，非常道也。

xuǎn zì　　fàn lùn xùn
选自《氾论训》

---

⑫废：衰败。　⑬贵：以之为贵，即珍视。　⑭道：言说。

16

《史记》一则 ★

司马迁

屈原至于江滨，被发①行吟泽畔，颜色憔悴，形容枯槁②。渔父见而问之曰："子非三闾大夫欤？何故而至此？"屈原曰："举世混浊而我独清，众人皆醉而我独醒，是以见放③。"渔父曰："夫圣人者，不凝滞④于物，而能与世推移。举世混浊，何不随其流而扬其波？众人皆醉，何不铺⑤其糟⑥而啜⑦其醨⑧？

---

①被发：指头发散乱，不梳不束。被，通"披"。 ②枯槁：消瘦，憔悴。
③见放：被放逐，被流放。 ④凝滞：拘泥，停止流动。 ⑤铺：吃。
⑥糟：酒渣。 ⑦啜：喝，饮。 ⑧醨：薄酒。

何故怀瑾握瑜，而自令见放为？"屈原

曰："吾闻之，新沐者必弹冠，新浴者

必振衣。人又谁能以身之察察⑨，受物

之汶汶⑩者乎？宁赴常流而葬乎江鱼腹

中耳，又安能以皓皓⑪之白，而蒙世

俗之温蠖⑫乎？"

选自《屈原贾生列传第二十四》

---

⑨察察：清洁，洁白。 ⑩汶汶：玷污，污辱。 ⑪皓皓：莹洁的样子。 ⑫温蠖：混污。

《后汉书》一则

范 晔

河南乐羊子之妻者，不知何氏①之女也。羊子尝②行路，得遗金一饼③，还以与妻。妻曰："妾闻志士不饮盗泉之水，廉者不受嗟来之食，况拾遗④求利，以污其行乎！"羊子大惭，乃捐⑤金于野，而远寻师学。一年来归，妻跪问其故。羊子曰："久行怀思，无它异⑥也。"妻乃引刀趋⑦机而言曰："此织生

---

①何氏：谁家。 ②尝：曾经。 ③一饼：一块。 ④拾遗：拾取他人的失物。 ⑤捐：丢弃，舍弃。 ⑥异：特殊之事。 ⑦趋：快步走。

自蚕茧，成于机杼⑧。一丝而累，以至于寸，累寸不已，遂成丈匹。今若断斯织也，则捐失成功，稽废⑨时日。夫子积学，当日知其所亡⑩，以就懿德。若中道⑪而归，何异断斯织乎？"羊子感其言，复还终业⑫，遂七年不反。妻常躬勤养姑，又远馈羊子。

选自《列女传第七十四》

---

⑧机杼：织布机。杼，机上的梭子。 ⑨稽废：稽延荒废。 ⑩亡：通"无"，没有。 ⑪中道：中途。 ⑫终业：完成学业。

答谢中书书 ★

陶弘景

山川之美，古来共谈①。高峰入云，清流见底。两岸石壁，五色交辉。青林翠竹，四时②俱备。晓雾③将歇④，猿鸟乱鸣；夕日欲颓⑤，沉鳞竞跃。实是欲界之仙都。自康乐以来，未复有能与⑥其奇者。

①共谈：共同谈赏。　②四时：四季。　③晓雾：晨雾。　④歇：消散。
⑤颓：坠落。　⑥与：参与，这里有欣赏领略之意。

12

与东方左史虬修竹篇书

陈子昂

东方公足下：文章道弊五百年矣。汉魏风骨，晋宋莫传，然而文献有可征①者。仆②尝暇时观齐梁间诗，彩丽③竞繁，而兴寄④都绝⑤，每以永叹⑥。思古人常恐逦迤颓靡，风雅不作，以耿耿⑦也。一昨于解三处见明公《咏孤桐篇》，骨气端翔，音情顿挫，光英朗练，有金石声。遂用洗心饰视，发

①征：证明。 ②仆：古代男子对自己的谦称。 ③彩丽：谓诗文讲究文采华丽。 ④兴寄：比兴寄托。 ⑤绝：消失不见。 ⑥永叹：长声叹息。 ⑦耿耿：心中不安、放心不下的样子。

huī yōu yù　　bù tú　zhèng shǐ zhī yīn　　fù dǔ yú zī
挥幽郁。不图⑧正始之音，复睹于兹⑨，

kě shǐ jiàn ān zuò zhě　　xiāng shì ér xiào　　xiè jūn yún zhāng
可使建安作者，相视而笑。解君云张

mào xiān　　hé jìng zǔ　　dōng fāng shēng yǔ qí bǐ jiān　　pú
茂先、何敬祖，东方生与其比肩，仆

yì yǐ wéi zhī yán yě　　gù gǎn tàn yǎ zhì　　zuò　　xiū
亦以为知言也。故感叹雅制，作《修

zhú　　shī yì shǒu　　dāng yǒu zhī yīn yǐ chuán shì zhī
竹》诗一首，当有知音以传示之。

---

⑧不图：未料到。　⑨兹：此，这里指东方虬《咏孤桐篇》。

至小丘西小石潭记 ★

柳宗元

从小丘西行百二十步，隔篁竹①，闻水声，如鸣珮环②，心乐之。伐竹取③道，下见小潭，水尤清冽④。全石以为底，近岸，卷石底以出，为坻⑤，为屿⑥，为嵁⑦，为岩⑧。青树翠蔓，蒙络摇缀，参差披拂。

潭中鱼可百许头，皆若空游无所依，日光下澈⑨，影布石上。怡然⑩不

---

①篁竹：成林的竹子。　②珮环：珮、环，都是玉质装饰品。　③取：这里指开辟。　④清冽：清凉。　⑤坻：水中高地。　⑥屿：小岛。
⑦嵁：不平的岩石。　⑧岩：悬崖。　⑨澈：穿透。一作"彻"。
⑩怡然：静止的样子。

dòng chù ěr yuǎn shì wǎng lái xī hū sì yǔ yóu
动，俶尔⑪远逝，往来翕忽⑫，似与游

zhě xiāng lè
者相乐。

tán xī nán ér wàng dǒu zhé shé xíng míng miè kě
潭西南而望，斗折蛇行，明灭可

jiàn qí àn shì quǎn yá cī hù bù kě zhī qí yuán
见。其岸势犬牙差互⑬，不可知其源。

zuò tán shàng sì miàn zhú shù huán hé jì liáo wú
坐潭上，四面竹树环合，寂寥无

rén qī shén hán gǔ qiǎo chuàng yōu suì yǐ qí jìng
人，凄神寒骨，悄怆⑭幽邃。以其境

guò qīng bù kě jiǔ jū nǎi jì zhī ér qù
过清⑮，不可久居，乃记之而去。

tóng yóu zhě wú wǔ líng gōng gǔ yú dì zōng
同游者：吴武陵，龚古，余弟宗

xuán lì ér cóng zhě cuī shì èr xiǎo shēng yuē shù
玄。隶而从⑯者，崔氏二小生⑰，曰恕

jǐ yuē fèng yī
己，曰奉壹。

---

⑪俶尔：忽然间。 ⑫翕忽：轻快敏捷的样子。翕,迅疾。 ⑬差互：互
相交错。 ⑭悄怆：忧伤的样子。 ⑮清：凄清。 ⑯隶而从：跟着同
去的。隶，作为随从。 ⑰小生：年轻人。

训俭示康
xùn jiǎn shì kāng

司马光
sī mǎ guāng

吾本寒家①，世以清白相承。吾性不喜华靡，自为乳儿②，长者加以金银华美之服，辄羞赧③弃去之。二十忝科名，闻喜宴独不戴花。同年曰："君赐，不可违也。"乃簪④一花。平生衣取蔽寒，食取充腹，亦不敢服垢弊⑤以矫俗干名，但顺吾性而已。众人皆以奢靡为荣，吾心独以俭素为美。人皆嗤⑥

①寒家：贫寒、卑微的人家。 ②乳儿：幼儿。 ③羞赧：害羞脸红。
④簪：戴。 ⑤垢弊：肮脏破烂的衣服。 ⑥嗤：嘲笑。

吾固陋⑦，吾不以为病⑧，应之曰："孔子

称：与其不逊也宁固；又曰：以约⑨失

之者鲜矣；又曰：士志于道而耻恶衣恶

食者，未足与议也！"古人以俭为美德，

今人乃以俭相诟病⑩。嘻！异哉！

近岁风俗尤为侈靡，走卒⑪类士

服，农夫蹑⑫丝履⑬。吾记天圣中，先公

为群牧判官，客至未尝不置酒，或三行⑭五

行，多不过七行。酒沽⑮于市，果止于

梨栗枣柿之类，肴止于脯醢菜羹，器用

瓷漆。当时士大夫家皆然，人不相非⑯

---

⑦固陋：浅陋。　⑧病：缺点。　⑨约：节俭。　⑩诟病：讥议，批评。
⑪走卒：当差的。　⑫蹑：踏。　⑬丝履：丝织的鞋。　⑭行：斟酒一
遍。　⑮沽：买。　⑯非：认为不对。

也。会^⑰数而礼勤^⑱，物薄而情厚。近日士大夫家，酒非内法，果肴非远方珍异，食非多品^⑲，器皿非满案，不敢会宾友，常数月营聚^⑳，然后敢发书^㉑；苟或^㉒不然，人争非之，以为鄙吝^㉓，故不随俗靡者盖鲜矣。嗟乎！风俗颓弊如是，居位者虽不能禁，忍^㉔助之乎？

⑰会：聚会。 ⑱礼勤：礼意殷勤。 ⑲品：种类。 ⑳营聚：张罗，准备。 ㉑发书：发出请柬。 ㉒苟或：如果有人。 ㉓鄙吝：吝啬。
㉔忍：忍心。

15

《诗经》一首

汉 广

南有乔木①，不可休②息③；

汉有游女，不可求思。

汉之广矣，不可泳思；

江之永④矣，不可方思。

翘翘⑤错薪⑥，言刈⑦其楚⑧；

之子于归⑨，言秣⑩其马。

---

①乔木：高大的树木。 ②休：休息。指高木无荫，不能休息。
③息：语气助词，无实义。一作"思"。 ④永：深长。 ⑤翘翘：众
多的样子。 ⑥错薪：杂乱的柴草。 ⑦刈：割。 ⑧楚：荆棘。
⑨归：嫁。 ⑩秣：用草喂马。

hàn zhī guǎng yǐ　　　bù kě yǒng sī
汉之广矣，不可泳思；

jiāng zhī yǒng yǐ　　　bù kě fāng sī
江之永矣，不可方思。

qiáo qiáo cuò xīn　　　yán yì qí lóu
翘翘错薪，言刈其蒌⑪；

zhī zǐ yú guī　　　yán mò qí jū
之子于归，言秣其驹⑫。

hàn zhī guǎng yǐ　　　bù kě yǒng sī
汉之广矣，不可泳思；

jiāng zhī yǒng yǐ　　　bù kě fāng sī
江之永矣，不可方思。

xuǎn zì　　guó fēng　　zhōu nán
选自《国风·周南》

---

⑪蒌：蒌蒿，也叫白蒿。　⑫驹：少壮的骏马。

16

hàn gǔ shī yì shǒu
汉古诗一首 ★

shè jiāng cǎi fú róng　　lán zé　duō fāng cǎo
涉江采芙蓉，兰泽①多芳草。

cǎi zhī yù wèi shuí　　suǒ sī zài yuǎn dào
采之欲遗②谁？所思在远道③。

huán gù　wàng jiù xiāng　　cháng ù màn hào hào
还顾④望旧乡⑤，长路漫浩浩。

tóng xīn ér lí jū　　yōu shāng yǐ zhōng lǎo
同心而离居，忧伤以终老。

---

①兰泽：生有兰草的沼泽地。　②遗：赠送。　③远道：即远方。
④还顾：回头看。　⑤旧乡：故乡。

观沧海 ★
guān cāng hǎi

曹操
cáo cāo

东临^①碣石，以观沧海。
dōng lín jié shí　yǐ guān cāng hǎi

水何^②澹澹^③，山岛竦峙^④。
shuǐ hé dàn dàn　shān dǎo sǒng zhì

树木丛生，百草丰茂。
shù mù cóngshēng　bǎi cǎo fēng mào

秋风萧瑟^⑤，洪波^⑥涌起。
qiū fēng xiāo sè　hóng bō yǒng qǐ

日月之行，若出其中；
rì yuè zhī xíng　ruò chū qí zhōng

星汉^⑦灿烂，若出其里。
xīng hàn càn làn　ruò chū qí lǐ

幸^⑧甚至哉，歌以咏志。
xìng shèn zhì zāi　gē yǐ yǒng zhì

---

①临：登上，也有游览之义。　②何：多么。　③澹澹：水波摇动的样子。　④竦峙：高高地耸立。竦，通"耸"。　⑤萧瑟：树木被秋风吹拂而发出的声音。　⑥洪波：汹涌澎湃的波浪。　⑦星汉：银河，天河。　⑧幸：庆幸。

18

七步诗
曹 植

煮豆持①作羹，漉②菽③以为汁。

萁④在釜下燃，豆在釜中泣。

本自同根生，相煎⑤何太急？

---

①持：用来。　②漉：过滤。　③菽：一种豆子。　④萁：豆茎，晒干后可用作柴火烧。　⑤煎：煎熬，这里有迫害之义。

《拟行路难》其六

鲍照

对案^①不能食，拔剑击柱长叹息。

丈夫生世会^②几时，安能蹀躞^③垂羽翼？

弃置罢官去，还家自休息。

朝出与亲辞，暮还在亲侧。

弄儿床前戏，看妇机中织。

自古圣贤尽贫贱，何况我辈孤且直！

---

①案：一种放食器的小几。　②会：能。　③蹀躞：小步行走之状。

guò gù rén zhuāng
过故人庄 ★

mèng hào rán
孟浩然

gù rén jù jī shǔ　　yāo wǒ zhì tián jiā
故人具^①鸡黍，邀我至田家。

lǜ shù cūn biān hé　　qīng shān guō wài xié
绿树村边合^②，青山郭外斜。

kāi xuān miàn cháng pǔ　　bǎ jiǔ huà sāng má
开轩^③面场圃^④，把酒^⑤话桑麻^⑥。

dài dào chóng yáng rì　　huán lái jiù jú huā
待到重阳日，还来就^⑦菊花。

---

①具：准备，置办。 ②合：环绕。 ③轩：窗户。 ④场圃：场，打谷场；圃，菜园。 ⑤把酒：端着酒具，指饮酒。 ⑥桑麻：桑树和麻。这里泛指庄稼。 ⑦就：靠近，指去做某事。

出　塞 ★

王　昌　龄

秦时明月汉时关，

万里长征人未还。

但使①龙城飞将在，

不教②胡③马度④阴山。

---

①但使：只要。 ②教：令，使。 ③胡：泛指侵扰内地的西北少数民族。 ④度：越过。

22

chūn yè xǐ yǔ
春夜喜雨★

dù fǔ
杜 甫

hǎo yǔ zhī shí jié　　dāng chūn nǎi fā shēng
好雨知时节①，当春乃发生②。

suí fēng qián rù yè　　rùn wù xì wú shēng
随风潜③入夜，润物细无声。

yě jìng yún jù hēi　　jiāng chuán huǒ dú míng
野径④云俱黑，江船火独明。

xiǎo kàn hóng shī chù　　huā zhòng jǐn guān chéng
晓看红湿⑤处，花重锦官城。

①时节：时令节气，此指春天。 ②发生：应时而降。 ③潜：悄悄地。 ④野径：田间小路，这里泛指四方郊野。 ⑤红湿：经雨浸湿的红花。

梦江南

温庭筠

梳洗罢，独倚望江楼。过尽千帆①皆不是，斜晖②脉脉③水悠悠④，肠断⑤白蘋洲。

---

①帆：船上使用风力的布篷，代指船。 ②晖：阳光。 ③脉脉：含情相对的样子。 ④悠悠：连绵不尽的样子。 ⑤肠断：形容极度悲伤愁苦。

yú měi rén
虞美人 ★

lǐ yù
李 煜

chūn huā qiū yuè hé shí liǎo　　wǎng shì zhī duō shǎo
春花秋月何时了①，往事知多少。

xiǎo lóu zuó yè yòu dōng fēng　　gù guó bù kān huí shǒu yuè míng
小楼昨夜又东风②，故国不堪回首月明

zhōng
中。

diāo lán yù qì yīng yóu zài　　zhǐ shì zhū yán gǎi
雕栏玉砌应犹在，只是朱颜③改。

wèn jūn néng yǒu jǐ duō chóu　　qià sì yì jiāng chūn shuǐ xiàng dōng
问君能有几多愁，恰似一江春水向东

liú
流。

①了：了结，完结。　②东风：春风。　③朱颜：美好的容颜。

39

25

青玉案·元夕

辛弃疾

东风夜放花千树，更吹落、星如雨^①。宝马雕车香满路，凤箫声动，玉壶^②光转，一夜鱼龙舞。

蛾儿雪柳黄金缕，笑语盈盈暗香去。众里寻他千百度^③，蓦然^④回首，那人却在灯火阑珊^⑤处。

---

①星如雨：焰火纷纷，乱落如雨。　②玉壶：比喻明月，也可指灯。
③度：遍，回。　④蓦然：突然，猛然。　⑤阑珊：稀少，暗淡。

游园不值★

yóu yuán bù zhí

叶 绍 翁
yè shào wēng

应 怜①屐 齿②印 苍 苔，
yīng lián jī chǐ yìn cāng tái

小 扣③柴 扉④久 不 开。
xiǎo kòu chái fēi jiǔ bù kāi

春 色 满 园 关 不 住，
chūn sè mǎn yuán guān bú zhù

一 枝 红 杏 出 墙 来。
yì zhī hóng xìng chū qiáng lái

---

①怜：怜惜。　②屐齿：屐是木鞋，鞋底前后都有高跟儿，叫屐齿。

③扣：敲门。　④柴扉：用木柴、树枝编成的门。

27

山坡羊·潼关怀古★

张 养 浩

峰峦如聚^①，波涛如怒，山河表里^②

潼关路。望西都，意踌躇^③。

伤心秦汉经行处，宫阙万间都做

了土。兴，百姓苦；亡，百姓苦！

①聚：聚拢。 ②表里：即内外。 ③踌躇：犹豫，徘徊不定。

28

墨　梅 ★

王　冕

我家洗砚池头^①树，

朵朵花开淡墨痕。

不要人夸好颜色，

只留清气满乾坤^②。

---

①头：边上。　②乾坤：天地间。

精 卫

顾炎武

万事有不平，尔何空自苦？

长将一寸身，衔木到终古①。

我愿平东海，身沈②心不改。

大海无平期，我心无绝时。

呜呼！

君不见，

西山衔木众鸟多，

鹊来燕去自成窠③。

---

①终古：永远。 ②沈：同"沉"，沉没，沉入。 ③窠：鸟巢。

30

mǎn jiāng hóng
满 江 红 ★

qiū jǐn
秋 瑾

xiǎo zhù jīng huá　　zǎo yòu shì　zhōng qiū jiā jié
小住①京华②，早又是、中秋佳节。

wéi lí xià　huáng huā kāi biàn　qiū róng rú shì　sì miàn
为篱下，黄花开遍，秋容如拭。四面

gē cán zhōng pò chǔ　bā nián fēng wèi tú　sī zhè　kǔ jiāng
歌残终破楚，八年风味徒③思浙。苦将

nóng　　qiǎng pài zuò é méi　shū wèi xiè
侬④，强派作蛾眉⑤，殊未屑！

shēn bù dé　　nán ér liè　xīn què bǐ　nán ér
身不得，男儿列；心却比，男儿

liè　suàn píng shēng gān dǎn　yīn rén cháng rè　sú zǐ
烈。算平生肝胆，因人常热⑥。俗子

xiōng jīn shuí shí wǒ　yīng xióng mò lù dāng mó zhé　mǎng
胸襟谁识我？英雄末路当磨折。莽⑦

hóng chén　　hé chù mì zhī yīn　qīng shān shī
红尘，何处觅知音？青衫湿。

---

①小住：暂住。②京华：京城的美称，这里指北京。③徒：徒然，空空地。④侬：我。⑤蛾眉：美女的代称。⑥热：激动。⑦莽：广大。

《论语》四章

题　解

　　《论语》是儒家经典之一，记孔子的言行、答弟子问及弟子们的谈话，是研究孔子思想及儒家学说的重要资料，由孔子的弟子及再传弟子编订。自宋代以后，《论语》被列为"四书"之一，成为古代学校官定教科书和科举考试必读书。本书所选四章，突出学习的重要性，强调学习的必要性，具有劝学的意义。

作　者

　　孔子，名丘，字仲尼，春秋末期鲁国人。中国古代伟大的思想家和教育家。他开创私人讲学之风，倡导仁义礼智信。在长期的教育教学实践中，总结出了一套行之有效的方法；他晚年整理、编订了"六经"（《诗》《书》《礼》《易》《乐》《春秋》），成为我们民族文化的经典。他的学说经过改造，成为中国古代社会的正统，他本人也被尊奉为"万世师表"。

注　释

敏于事而慎于言：做事勤奋敏捷，而出言则谨慎。

好之者不如乐之者：于任何学问、知识、技艺等，喜爱它的人，又不如以此为乐的人。

　　德之不修：不培养美好的品德。

　　学之不讲：不去讲习学问。

　　闻义不能徙：听到合乎道义的事情却不顺应追随。

《老子》二章

题　解

　　《老子》，又称《道德经》，是道家哲学思想的重要来源。全书分为《道经》三十七章，《德经》四十四章，共五千余字。全书以哲学意义上的"道德"为纲，论述修身、治国、用兵、养生之道，文意深奥。本书所选二章，探讨个人修养和功成身退之道，是《老子》中比较常见的命题。

作　者

　　老子，名聃，春秋时期楚国人。著名思想家。老子曾担任周王室的史官，以博学而闻名。孔子曾向他问礼。老子的思想核心是朴素的辩证法。他主张无为而治，讲究物极必反，推崇不与人争。作为道家学派创始人和主要代表人物，老子与庄子并称"老庄"，并被道教尊为始祖，被称为"太上老君"。

注　释

上善若水：最高的善正如水一般。

水善利万物而不争：水善于滋润万物而不和万物相争。

居善地：居处善于选择地方。

心善渊：心胸善于保持沉静。

与善仁：待人善于真诚相爱。

言善信：说话善于遵守信用。

政善治：为政善于精简处理。

事善能：办事善于发挥所长。

动善时：行动善于把握时机。

揣而锐之，不可常保：显露锋芒，锐势难保长久。

自遗其咎：给自己带来祸害。

功遂身退：功成名就之时，就要急流勇退。

《孟子》一则

题　解

　　《孟子》共七篇，每篇分上、下，记述了孟子游说各国和与弟子的问答，记录了孟子的政治理想、教育活动和教育主张，是研究孟子思想的最主要的文献资料。《孟子》是儒家的经典著作，南宋时朱熹将《孟子》与《论语》《大学》《中庸》合在一起称"四书"，影响深远。本书所选一则，是关于治理国家及作战方面的探讨。

作　者

　　孟子，名轲，战国时期邹国人。著名的哲学家、思想家和教育家。受业于子思的门人，故而孟子为孔子的四传弟子。他继承了孔子"仁"的思想并将其发展成为"仁政"思想，被尊为"亚圣"。

注　释

天时：有利于作战的阴晴寒暑等自然气候条件。
地利：地理上的高城深池山川险阻等有利形势。
人和：人心所向，内部团结。
兵革：兵，武器，指戈矛刀箭等；革，皮革，指甲胄，即作战服。这里泛指部队的装备。

　　域民不以封疆之界：限制人民不必用国家的疆界。

　　固国不以山溪之险：巩固国家不必靠山川的险阻。

　　威天下不以兵革之利：威慑天下不必凭兵器的锐利。

《庄子》一则

题　解

　　《庄子》，又名《南华经》，是战国中期庄子及其后学所著，分为内篇、外篇、杂篇。其文想象丰富奇特，语言运用自如，灵活多变，能把微妙难言的哲理写得引人入胜，代表了先秦散文的最高成就。本文选自《外篇·天运》，它巧妙地借孔子的名义去拜见老子，称赞老子如同龙那样难于测度，以此说明老子之伟大。

作　者

　　庄子，名周，战国时期宋国蒙人。在哲学思想上，庄子继承和发展了老子"道法自然"的思想观点，使道家真正成为一个学派，他自己也成为道家的重要代表人物，与老子并称"老庄"。庄子的深刻思想和高超的文学水平在中国思想史和文学史上都具有重要贡献，阮籍、陶渊明、李白、苏轼、辛弃疾、曹雪芹等第一流的文人深受其影响。

注　释

合而成体：合起来形成一体。

散而成章：散开来化为文采。

乘云气而养乎阴阳：乘驾云气而翱翔于阴阳之间。

尸居而龙见：安居而无为但像龙一样显现。

雷声而渊默：沉静缄默而感人至深。

发动如天地：像天地一样奋起行动。

赐亦可得而观乎：我是否也能够见识一下呢？

以孔子声：以孔子的名义作为引介。

《尉缭子》一则

题 解

　　《尉缭子》是战国晚期的一部军事著作，北宋时被列为"武经七书"之一。很长一个时期，学术界大都认为《尉缭子》是伪书，但1972年银雀山汉墓出土文献证明《尉缭子》并非伪书。书中提出了不少精辟的经国治军思想。本书所选章节，讨论了明君的标准，以及节制欲望和因物利民的治世原则。

作 者

　　关于《尉缭子》的作者，学术界众说纷纭。一说是魏惠王时的隐士，一说为秦王嬴政时期的大梁人尉缭。

注 释

往世不可及：过去已无法追及。

来世不及待：未来不能等待。

神明：神智精明，英明。

垂光：比喻恩施天下。

洪叙：功业宏伟。

太上：指最高境界。

因物：根据事物本性加以利导。

无夺民时，无损民财：不侵占农时，不耗损百姓财物。

禁必以武而成：禁止邪恶必须以武力保证实现。

赏必以文而成：奖励有功必须结合思想教化方能奏效。

《易传》一则

题 解

《易传》又称《易大传》，是诠释《易经》的经典著作，共有十篇，自汉代起被称为"十翼"。本书选自《系辞下》，用对立统一来解释宇宙万物和人类社会的一切变化，以认识和掌握宇宙的深刻变化为最高德行。

作 者

《易传》出自孔子，几乎是过去两千年的定论。司马迁最早主张此说，《史记·孔子世家》："孔子晚而喜《易》，序《彖》《系》《象》《说卦》《文言》，读《易》，韦编三绝。曰：'假我数年，若是，我于《易》则彬彬矣。'"但从宋代的欧阳修开始，即开始质疑。近代以来，否认《易传》为孔子所作一度成为主流。但孔子晚年好《易》，《易传》即便不出自其手，也应该是其门下所记，与《论语》成书时代和方式一致。

注 释

憧憧往来，朋从尔思：这是《咸》卦九四爻辞。意思是，心意不定，来来往往，朋友想你所想。

一致而百虑：目的相同，达到目的的想法各异。

往者，屈也；来者，信也；屈信相感而利生焉：离去的弯曲收缩，到来的扩展伸进，弯曲收缩与扩展伸进相互感应，有利局面就产生了。

精义入神，以致用也：人们研究精微的道理，以达神妙之境界，最终是为了实践应用。

利用安身，以崇德也：掌握事物的各种功用来安静身心，是为了提高品德。

穷神知化，德之盛也：穷尽事物的神妙，认识事物的变化，如此就到达了品德的顶峰。

贾 谊 《论积贮疏》

题 解

本文是贾谊二十三岁时（前178年）给汉文帝刘恒的一篇奏章。贾谊生逢文景时代，但他从太平盛世的背后看到了严重的社会危机，故上书皇帝，建议重视农业生产，以增加积贮，并提出了他的政治改革的主张。文章论理精辟，说理透彻，逻辑严谨，为贾谊政论散文的重要代表。

作 者

贾谊，洛阳（今河南洛阳）人。西汉政治家、文学家，世称贾生。他少有才名，得汉文帝赏识，后因遭诽谤而被贬为长沙王太傅，故后世称之为贾长沙、贾太傅。重被起用后，召为梁怀王太傅。怀王坠马身亡，他自惭失职，年纪轻轻就郁郁而终。其著作主要有散文和辞赋两类，以《过秦论》《论积贮疏》《吊屈原赋》《鹏鸟赋》等最为著名。

注 释

疏：古代臣下上给皇帝的一种奏章。

管子：即管仲。后人把他的学说和依托他的著作，编辑成《管子》一书，共二十四卷。

仓廪实而知礼节：粮仓充足，百姓就懂得礼仪法度。语见自《管子·牧民》。

生之有时：生产有时间的限制。

至纤至悉：极为细致和周密。

背本而趋末：放弃根本的事而去做不重要的事，此处是指放弃农业而从事工商业。古代以农桑为本业，工商为末业。

淫侈之俗：奢侈的风气。淫，过分。

汉之为汉：汉朝自从建立政权以来。

狼顾：狼性多疑，行走时常回头看，以防袭击，比喻人有后顾之忧。此处形容人们看到天不下雨时的忧虑不安。

不入：指纳不了税。入，"纳"的意思。

请卖爵子：即请爵卖子。指富者向国家缴粮买爵位，贫者卖儿女为生。汉朝有公家出卖爵位以收取钱财的制度。

天之行也：自然界的固有现象。天，大自然。行，常道，规律。

禹汤被之矣：传说夏禹时曾遭九年水灾，商汤时曾遭七年旱灾。被，遭受。

方：古代计量面积用语。后加表示长度的数字或数量词，表示纵横若干长度的意思。多用于计量土地。

并举而争起：指统统起来造反。

怀敌附远：使敌对的人归降，使远方的人顺附。

末技：不值得重视的技能，此处指与"本业"相对的"末业"，即工商业。

缘南亩：走向田间，从事农业。缘，因，循，此处有趋向之意。南亩，泛指农田。

为富安天下：使天下富足安宁。

刘 安 《淮南子》一则

题 解

《淮南子》，又名《淮南鸿烈》，相传为西汉淮南王刘安及其门客集体编写的一部哲学著作。刘安撰作此书的目的，是针对初登帝位的汉武帝刘彻，反对他所推行的政治改革。文中思想以道家为主，同时夹杂先秦各家学说，《汉书·艺文志》将其归为"杂家"。梁启超说："《淮南鸿烈》为西汉道家言之渊府，其书博大而和有条贯，汉人著述中第一流也。"本书所选章节，重在论述国家政治以利民为本，应宜民而为，进行合理的政治改革。

作 者

刘安，沛郡丰县（今江苏丰县）人，生于淮南国寿春县（今安徽寿县）。西汉时期文学家、思想家。他是汉高祖刘邦之孙，淮南厉王刘长的长子，承袭父爵，故亦称淮南王。高诱在《淮南鸿烈解序》中指出，淮南王刘安"与苏飞、李尚、左吴、田由、雷被、毛被、伍被、晋昌等八人，及诸儒大山、小山之徒，共讲论道德，总统仁义，而著此书"。后来这八人被统称为"八公"，于是《淮南子》的作者就成为淮南王刘安和"八公"。

注　释

苟周于事，不必循旧：如果合乎事理，不一定要遵循旧制。

三代：指夏、商、周。

各便其用：便利于各种用途。

各因其宜：适合各个时代的情况。

变古未可非：改革旧制、变更古法无可非议。

百家殊业而皆务于治：百家的学说和方法虽各异，却都是想把国家治理好。

言弗能言也：所说的道理，并不是用话就能说清楚的。

故道可道者，非常道也：所以，可以言说的道，不是永久恒常之道。

司马迁 《史记》一则

题　解

　　《史记》是由司马迁撰写的中国第一部纪传体通史，记载了上自上古传说中的黄帝时代、下至汉武帝元狩元年间共三千多年的历史。由十二本纪、十表、八书、三十世家、七十列传组成，共一百三十篇。组织精巧，记事准确，文采动人，鲁迅誉之为"史家之绝唱，无韵之《离骚》"，有很高的文学价值。本书选自《屈原贾生列传》，主要记述屈原报国无门、忠君无路、品行高洁而不愿随波逐流的悲愤慨叹。

作　者

　　司马迁，字子长，生于龙门（今陕西韩城）。西汉著名史学家、文学家。司马谈之子，任太史令，被后世尊称为太史公。他才识过人，曾漫游各地，寻访古迹，采集传说。因替李陵败降之事辩解而受宫刑，他自尊自强，以"究天人之际，通古今之变，成一家之言"的史识，创作了中国史书的典范《史记》。梁启超对他大加赞赏，认为"史界太祖，端推司马迁"，"太史公诚史界之造物主也"。

注　释

三闾大夫：楚国掌管王族昭、屈、景三姓事务的官。

举世混浊而我独清：整个世界都是混浊的，只有我一人清白。

众人皆醉而我独醒：众人都沉醉，只有我一人清醒。

何故怀瑾握瑜，而自令见放为：为什么要怀抱美玉一般的品质，却使自己被放逐呢？怀瑾握瑜，喻洁身自好，坚守德操。瑾、瑜，均指美玉。

弹冠：弹去帽子上的灰尘。

振衣：抖去衣服上的杂物。

又安能以皓皓之白，而蒙世之温蠖乎：又哪能使自己高洁的品质，去蒙受世俗的尘垢呢？

10

范 晔 《后汉书》一则

题 解

《后汉书》是范晔编撰的纪传体史书，主要记述上起东汉的汉光武帝建武元年（25），下至汉献帝建安二十五年（220）共一百九十五年的史事。《后汉书》在体例上大部分承袭《史记》《汉书》，并有所创新，结构严谨，属词丽密，与《史记》《汉书》《三国志》并称"前四史"，为"二十四史"之一。本文选自其中的《列女传》，通过两个小故事，赞扬了乐羊子之妻的高洁品德和过人才识。

作 者

范晔，字蔚宗，顺阳郡顺阳县（今河南淅川）人。南朝宋史学家、文学家。幼年即博览家中藏书，善文能书，并通晓音律。一生才华横溢，史学成就突出。他为人刚直落拓，恃才傲物，因拥戴彭城王刘义康谋反，事败被杀，年仅四十八岁。

注 释

河南：汉袭秦制，地方分郡县，郡上设部。郡，相当于地一级行政区。河南郡即今河南省西北部。

乐羊子：战国时期将领。

盗泉：古泉名。故址在今山东省泗水县东北，君子因恶其名而不饮其水。

嗟来之食：《礼记·檀弓》作"嗟！来食"，是富人叫饿肚子的人来吃饭时所言，即"喂，来吃吧"，有鄙夷饿者之意味。

跪：古人席地而坐，跪时腰伸直，示敬之意。

久行怀思：长久出门在外，怀念家里人。

引刀趋机：拿着刀快步走到织布机前面。

一丝而累：一根丝一根丝地积累起来。

累寸不已：一寸一寸不停地积累。

捐失成功，稽废时日：前功尽弃，空度时日。

以就懿德：以此来成就美德。

姑：古时指丈夫的母亲，即婆婆。

陶弘景 《答谢中书书》

题　解

本文是作者寄给友人称道江南山水之美的一封书信。作者正是将谢微当作能够谈山论水的朋友，同时也期望能与古往今来的林泉高士相比肩，表现出娱情山水的清高思想，文章文辞清丽，堪称六朝山水小品名作。

作　者

陶弘景，字通明，自号华阳隐居，丹阳秣陵（今江苏南京）人。南朝齐、梁时道教学者、炼丹家。他继承老庄哲理和葛洪的仙学思想，创立茅山宗，崇尚奇异超常之事物。梁武帝常征询其意见，时人称之为"山中宰相"。

注　释

谢中书：即谢微，字玄度，陈郡阳夏（今河南太康）人。曾任中书侍郎，所以称之为谢中书。

书：即书信，古人的书信又叫"尺牍"或"信札"，是一种应用性文体，多记事陈情。

五色交辉：这里形容石壁色彩斑斓。五色，古代以青黄黑白赤为正色。交辉，指交相辉映。

沉鳞竞跃：潜游在水中的鱼儿争相跳出水面。

欲界之仙都：即人间仙境。欲界，佛家语，佛教把世界分为欲界、色界、无色界；欲界是没有摆脱世俗的七情六欲的众生所处境界，即指人间。仙都，仙人生活在其中的美好世界。

康乐：指南朝著名山水诗人谢灵运，他继承祖父爵位，被封为康乐公。

12

陈子昂 《与东方左史虬修竹篇书》

题 解

这是陈子昂写给朋友东方虬的《修竹》一诗前的序文，既是对东方虬《咏孤桐篇》的评论，也是对自己创作体会的总结。陈子昂反对没有风骨、没有兴寄、没有内容的齐梁诗风，主张回溯建安风骨那种有寄托且慷慨的诗风，这一主张对唐代诗歌和散文创作影响较大。

作 者

陈子昂，字伯玉，梓州射洪（今四川射洪）人。唐代文学家、诗人，初唐诗文革新人物之一。他受武则天拔擢而崭露头角，心怀治国平天下的理想，后受权臣武三思迫害，冤死狱中，年仅四十一岁。他的诗风骨峥嵘，充实刚健，苍劲有力，彻底肃清了齐梁诗歌中绮靡纤弱的习气，对盛唐诗人张九龄、李白、杜甫产生了重要影响。尤其是"前不见古人，后不见来者。念天地之悠悠，独怆然而涕下！"，千百年来引起无数人共鸣。

注 释

东方左史虬：东方虬，武则天时为左史，当是陈子昂的朋友辈，生平不详。下文"东方生"亦指此人。

足下：敬称，称对方。古人下称上或同辈相称都可称"足下"，后专用于同辈之间的敬称。

文章道弊五百年矣：为文之道败坏已经五百年了。五百年，从西晋初年至陈子昂生活的武则天时代计四百多年，五五百年是大约言之。

汉魏风骨：作者认为汉魏诗文具有悲凉慷慨、刚健清新的风格骨力。

逦逶：形容弯弯曲曲而延续不断，这里指不直书胸臆的创作手法。

风雅：指《诗经》中的《国风》《大雅》《小雅》，古人以风雅为诗歌典范。

解三：生平履历不详，当与陈子昂、东方虬为诗友。下文"解君"亦指此人。

明公《咏孤桐篇》：明公，对东方虬的敬称；《咏孤桐篇》，东方虬所作诗篇。

骨气端翔：指《咏孤桐篇》具有风骨之美。端翔，即内容端直，气韵飞动。

音情顿挫：音韵与感情都有抑扬顿挫之美。

光英朗练：光彩鲜明，精练朗畅。

有金石声：音韵铿锵，发声如击金石。

遂用洗心饰视，发挥幽郁：这句的主语多解释为陈子昂，以为是陈子昂读诗后的感受，即读了《咏孤桐篇》，使人有心目为之一新之感。也有人认为主语应是东方虬，陈子昂认为东方虬之所以写出《咏孤桐篇》，乃是因为他"洗心饰视，发挥幽郁"，因为东方虬进入"虚静"的精神状态，使他郁结于心的感情得以抒发。

正始之音：指魏晋玄谈风气。出现于三国魏正始年间，以何晏、王弼为首，以老庄思想糅合儒家经义，谈玄析理，放达不羁。

张茂先：即张华，字茂先，西晋大臣、文学家。西晋初，任中书令，加散骑常侍。惠帝时官至侍中、中书监、司空，有政绩。后为赵王司马伦和孙秀所杀。

何敬祖：何劭，字敬祖，西晋诗人。曾任中书令、太子太师、尚书左仆射、司徒等职。能诗，《诗品》列入中品。

感叹雅制：指受到东方虬《咏孤桐篇》的感召而作《修竹》诗。雅制，对别人作品的敬称，以别人的作品为文雅之作。

柳宗元《至小丘西小石潭记》

题 解

这篇游记是柳宗元"永州八记"中的一篇，系作者被贬永州期间所作。为排遣郁闷，搜奇觅胜，放情山水，于是将自己的不幸遭遇与心胸气度寄托在山水游记中。

作 者

柳宗元，字子厚，祖籍河东郡（今山西永济），世称"柳河东""河东先生"。又因官终柳州刺史，也称"柳柳州"。"唐宋八大家"之一，一生留诗文作品达六百余篇，其文的成就大于诗。散文论说性强，笔锋犀利，讽刺辛辣。游记写景状物，多所寄托，堪称我国历史上杰出的散文家之一。

注 释

全石以为底：把整块石头当作底部。以为，把……当作。

卷石底以出：石底有些部分翻卷过来露出水面。

蒙络摇缀，参差披拂：蒙盖缠绕，摇曳牵连，参差不齐，随风飘拂。蒙，遮盖。

斗折蛇行，明灭可见：曲曲折折，时隐时现。斗折，像北斗七星那样曲折。蛇行，像蛇爬行那样弯曲。灭，暗，看不见。

凄神寒骨，悄怆幽邃：使人感到心神凄凉，寒气透骨，幽静深远，弥漫着忧伤的气息。邃，深。

司马光 《训俭示康》

题 解

本文是司马光写给继子司马康的家训，主题正如篇名所示，那就是训俭。对于"以俭素为美"的生活原则，他娓娓道来，明白如话，说理透彻。虽是告诫后人，却不正面训诫，而是以老者回首往事、今昔对比的亲切语调信笔写来，未精心组织而自然成理。

作 者

司马光，字君实，号迂叟，世称涑水先生，陕州夏县涑水乡（今山西夏县）人。北宋政治家、史学家。历仕仁宗、英宗、神宗、哲宗四朝，谥号文正。他为人孝友忠信，恭俭正直，居处有法，动静有礼，做事用功，刻苦勤奋，一生著述颇多。他主持编撰的《通志》，宋神宗以其书"有鉴于往事，以资于治道"，赐书名《资治通鉴》，并亲为写序。

注 释

忝科名：忝列在科举考中而取得的功名中。忝，忝列，有愧于排列在其中，自谦的说法。

闻喜宴：唐宋时期皇帝赏赐新进士的公宴，明清时期因设宴于琼林苑，故称琼林宴。

同年：同榜登科的人。

矫俗干名：故意用不同流俗的姿态来猎取名誉。干，求取。

与其不逊也宁固：与其骄纵不逊，宁可简陋寒酸。不逊，骄傲。

以约失之者鲜矣：因为节约而犯过失的很少。

志于道：有志于追求道。

先公：称已故的父亲。

群牧：主管国家马匹的机构。

内法：皇宫酿酒之法。

居位者：有权势的人。

《诗经》一首 《汉广》

题 解

　　《诗经》是中国文学史上第一部诗歌总集，现存三百〇五篇，为了叙述方便，就称作"诗三百"。汉武帝时以《诗》《书》《礼》《易》《春秋》为"五经"，故称为《诗经》。《诗经》是周王朝由盛而衰五百年间中国社会生活面貌的形象反映，孔子曾概括《诗经》宗旨为"思无邪"，并教育弟子读《诗经》以作为立言、立行的标准。

　　本书所选为《国风》之一。这首诗写的是男女相赠答的私心爱慕之情，但男子求而不得，情思缠绕，无以解脱，面对浩渺的江水，他唱出了这首动人的诗歌，倾吐满怀惆怅之愁绪。

注 释

　　汉：水名。源出陕西西南宁强县，东流至湖北汉阳入长江。

　　游女：汉水之神。或谓野游的女子，因为来历不明，故称。

　　江：长江。

　　方：同"舫"，指用竹或木编成的筏子。此处用作动词，意谓坐木筏渡江。

　　之子于归，言秣其驹：姑娘就要出嫁了，赶快喂饱小马驹。

汉古诗一首

题　解

　　这首诗选自《古诗十九首》，这是汉代文人创作的并被南朝萧统选录编入《文选》的十九首诗的统称。它是在汉代汉族民歌基础上发展起来的五言诗，内容大多书写离愁别恨和彷徨失意，艺术成就很高，是乐府古诗文人化的显著标志，被刘勰称为"五言之冠冕"。

　　这十九首诗习惯上以句首为标题，因此本书所选诗也被称为《涉江采芙蓉》。这首诗是写一位漂泊异地的失意之人怀念家乡的妻子，表现了他欲归不得的愁苦心情。

注　释

　　所思在远道：我朝思暮想的心上人远在天边。

　　长路漫浩浩：长路漫漫，遥望无边无际。漫浩浩，形容路途遥远没有尽头。

　　同心而离居：两心相爱却要分隔两地。同心，古代多用于男女之间的爱情，或指夫妇感情融洽深厚。

17

曹　操　《观沧海》

题　解

这首诗是曹操北征乌桓胜利班师，途中登临碣石山时所作。以"观"字统领全篇，居高临海，视野寥廓，大海的壮阔景象尽收眼底。全篇写景，且借景抒情，情理结合，把眼前的海景和自己的心志理想巧妙结合，显示出诗人慷慨悲凉、雄健有力的诗风。"如幽燕老将，气韵沉雄"，建安风骨，可见一斑。

作　者

曹操，字孟德，沛国谯县（今安徽亳州）人。东汉末年政治家、军事家、文学家、书法家，曹魏政权的奠基者。自少年起博览群书，尤喜兵法。其诗歌气魄宏大，鼓舞人心。在叶嘉莹看来，曹操既有诗人的才情，也有雄图霸业的抱负，方有如此文学成就。

注　释

碣石：山名。碣石山，在今河北昌黎。建安十二年（207）秋，曹操征乌桓得胜回师时经过此地。

　　沧海：苍茫的大海。沧，通"苍"，青绿色。海，指渤海。

　　歌以咏志：就让我用诗歌来表达心志吧！

曹 植 《七步诗》

题 解

本诗为急就而成，借煮豆燃豆萁之现象暗喻骨肉之间不应自相残杀，以其明白而深刻的寓意赢得了千百年来读者的欣赏。情感真挚，字句恳切，令人动容。

作 者

曹植，字子建，沛国谯县（今安徽亳州）人。建安文学的代表人物之一与集大成者，与其父曹操、兄曹丕合称"三曹"。他才华横溢，骨气奇高，诗歌以笔力雄健和词采华美见长，代表作有《洛神赋》《白马篇》《七哀》等。谢灵运曾评价说："天下才有一石，曹子建独占八斗。"

注 释

本自同根生，相煎何太急：豆子和豆萁本来是同一条根上生长出来的，豆萁怎么能这样急迫地煎熬豆子呢？比喻兄弟自相残杀，实有违天理，为常理所不容。

鲍　照　《拟行路难》其六

题　解

　　此为鲍照杂言乐府《拟行路难》十八首之六，抒发了有志不能遂、一腔抱负难施展的无可奈何之情，表现了诗人耿直倔强的性格。诗歌感情充沛，感染力强。刘熙载称之为"慷慨任气，磊落使才"之作。

作　者

　　鲍照，字明远，东海（今山东郯城西南）人，出生于京口（今江苏镇江）。南朝宋文学家，与颜延之、谢灵运并称"元嘉三大家"。他位卑人微，然才高气盛，生于昏乱之时，奔走于死生之路。他的诗气骨雄健，词采华丽，深刻地反映出了社会生活和时代面貌，尽情抒吐个人胸怀，在刘宋一代诗人中，在表现慷慨不平的思想情感方面，最为突出。

注　释

　　行路难：乐府《杂曲歌辞》篇名。原为汉代民间歌谣，后经文人改其音调，制成新辞，采入乐府，并流行一时。内容多抒写世路的艰难以及离别悲伤之意。鲍照《拟行路难》即仿古调为新词，述说人世的种种忧患，寄寓悲愤之情。

会几时：能有多久。

安能蹀躞垂羽翼：怎么能裹足不前、垂翼不飞呢？安能，怎么能。垂羽翼，羽翼下垂，比喻无能、无所作为。

孤且直：孤高而耿直。孤，孤寒，指身世微贱。

孟浩然 《过故人庄》

题 解

这首诗既写农家恬静闲适的生活情景，充满了乐趣，也写好友间真挚的情谊。全诗平淡自然，如闲话家常，将景、事、情完美地结合在一起，勾勒出一幅田园风光的中国画，亦表现出诗人内心之向往。

作 者

孟浩然，字浩然，号孟山人，襄州襄阳（今湖北襄阳）人，世称孟襄阳。生逢盛唐，虽早年有用世之志，但在遭遇政治上的困顿失意后，以隐士终老。他洁身自好，率性而为，耿介不随，为同时和后世的诸多正直高洁之士所倾慕。李白曾以"吾爱孟夫子，风流天下闻"，表达对孟浩然的赏爱。其诗有自然平淡之风，深邃悠长之境，作为唐代山水田园诗人的代表，与王维并称"王孟"。

注 释

鸡黍：以鸡作菜，以黍作饭。代指农家待客的丰盛饭食。《论语·微子》中，有"止子路宿，杀鸡为黍而食之"的说法。黍，黄米，古代认为是上等的粮食。

郭：古代城墙有内外两重，内为城，外为郭。这里指村庄的外墙。

把酒话桑麻：共饮美酒，闲谈农务。

重阳日：指夏历的九月初九。古人在这一天有登高、饮菊花酒的习俗。

还来就菊花：我再回到这里与你一同赏菊。

王昌龄 《出塞》

题 解

这首诗属边塞诗，是王昌龄早年赴西域时所作。诗人并未描写边塞风光，而是以征戍生活中的一个典型画面来揭示士卒的内心世界，汉关秦月，无一不是融情入景。诗人希望起用良将，早日平息边塞战事，使人民过上安定生活的愿望迫切可鉴。此诗悲壮浑成，被称为"唐人七绝压卷之作"。

作 者

王昌龄，字少伯，河东晋阳（今山西太原）人。他自小生活贫苦，仕途坎坷，多次被贬。因诗名早著，与李白、孟浩然、高适、李颀、岑参、王之涣等诸多名人交游颇多，交谊很深。他的诗歌题材以边塞、离别、宫怨为主，七绝尤为出色，句奇格俊，雄浑自然，甚至可与李白争胜，被冠以"七绝圣手""诗家天子"的美名。

注 释

出塞：乐府旧题，内容多写边塞生活。

秦时明月汉时关：秦汉时的明月，秦汉时的关。此处为互文。

龙城飞将：据《汉书》载，元光六年（前129），卫青为车骑将军，出上谷，至龙城，获首虏七百级。又李广为右北平太守，被匈奴称为"飞将军"。

不教胡马度阴山：绝不会让敌人的铁蹄踏过阴山。阴山，位于今内蒙古中部及河北北部。

杜 甫 《春夜喜雨》

题 解

本诗作于成都草堂，诗人以欣喜之心，描写了这场应时而降的春夜细雨。全篇没有一个"喜"字，但喜雨之意溢于纸上。"知时节""潜入夜""细无声"，诗人以拟人化手法，生动形象地写出春夜细雨之特点，可见诗人观察之细致。诗歌将诗境与画境浑然一体，传神入化、别具风韵，是一首难得的咏雨佳作。

作 者

杜甫，字子美，自称杜陵布衣、少陵野老，出生于河南巩县（今河南巩义），原籍湖北襄阳。他有着"致君尧舜上，再使风俗淳"的宏伟抱负，却屡试不第，官场失意；他经历战乱流离，心系苍生，胸怀国事，创作出"三吏""三别"等传世名作。金圣叹把杜甫所作之诗，与屈原的《离骚》、庄周的《庄子》、司马迁的《史记》、施耐庵的《水浒传》、王实甫的《西厢记》，合称"六才子书"。

注 释

润物细无声：雨水绵绵地滋润万物，不发出一点响声。

花重锦官城：浓艳的鲜花定会开满锦官城。花重，花湿而重，愈加鲜艳，故曰"花重"。锦官城，指成都。

温庭筠 《梦江南》

题 解

此为温庭筠《梦江南》词二首中的第二首。温词素以"严妆"闻名，但此词则是"淡妆"，且这淡妆同样别具风味。短短二十余字，写尽了思妇的痴迷、摇荡、惊悸和绝望，语言简洁，情意深远。清代陈廷焯评为"绝不着力，而款款深深，低徊不尽"，恰是这首词的超诣之处。

作 者

温庭筠，本名岐，字飞卿，太原祁（今山西祁县）人。他性格倨傲，才思敏捷，每入试，押官韵，八叉手而成八韵，故有"温八叉"或"温八吟"之称。他才情绮丽，精通音律，诗词兼工，被尊为"花间派"之鼻祖，对词的发展影响很大。范文澜称其为"新趋势的发扬者"。

注 释

梦江南：本为唐教坊曲名，后用作词牌名。在被人传唱、欣赏、接受的过程中得以流传到后世，并产生了多种多样的别名，如"忆江南""望江南""江南好"等。

过尽千帆皆不是：成百上千艘船过去了，所盼望的人都没有出现。

　　白蘋洲：江中长满白色蘋花的洲渚。词中代指昔日与情人分手之处。

李 煜 《虞美人》

题 解

该词是李煜的绝命之词，也是一曲生命的哀歌。当繁华落尽，何堪回首？"一江春水向东流"，更是那言不尽的故国之思、亡国之恨。一曲恸歌，呜咽缠绵，满纸血泪，如泣如诉。

作 者

李煜，字重光，初名从嘉，自号钟隐，又号莲峰居士，南唐徐州（今属江苏）人。南唐末代君主，世称李后主。身为君主却通博众艺，通晓音乐，善诗文，工书画，词则尤负盛名。亡国后词作更是题材广阔，含意深沉。王国维说："词至李后主而眼界始大，感慨遂深，遂变伶工之词而为士大夫之词。"他是一位悲情帝王，更被誉为"千古词帝"。

注 释

虞美人：原为唐教坊曲，后用为词牌名。

春花秋月：指季节的更替。

故国：指南唐故都金陵（今南京）。

雕栏玉砌：雕有图案的栏杆和玉石铺就的台阶。泛指

93

精美的宫殿建筑。

恰似一江春水向东流：哀愁就像那滚滚东流的春江之水无边无际，永无尽头。

辛弃疾 《青玉案·元夕》

题 解

这首词描绘了元夕灯市的盛况，满城灯火，满街游人，欢乐通宵，热闹不凡。但作者追慕的是一个不同凡俗、自甘寂寞而又有些迟暮之感的美人，所映照的正是自己政治失意后宁愿闲居、不肯同流合污之品性。词作构思精妙，语言精致，含蓄婉转，余味无穷。"众里寻他千百度。蓦然回首，那人却在，灯火阑珊处"被王国维认为是"古今之成大事业、大学问者"必经的第三个境界，也是最终最高境界。

作 者

辛弃疾，初字坦夫，后改幼安，号稼轩居士，济南历城（今属山东）人。他一生以恢复国土为志，力主抗金，却命途多舛，备受排挤，壮志难酬。于是把满腔激情和对国家兴亡、民族命运的关切、忧虑，全部寄寓于词作之中。作为南宋豪放派词人代表，有"词中之龙"之称，并与苏轼合称"苏辛"，与李清照并称"济南二安"。

注　释

青玉案：词牌名。

元夕：夏历正月十五日为上元节、元宵节，此夜称元夕或元夜。

花千树：花灯之多如千树开花。

星如雨：焰火纷纷，乱落如雨。星，指焰火，这里形容满天的烟花。

宝马雕车香满路：指街道上人来车往、观看灯火的情形。宝马雕车，富贵人装饰华丽的车马。

凤箫：即排箫，以其箫管长短不一、有如凤翼而得名。

鱼龙舞：指舞动鱼形、龙形的彩灯，如鱼龙闹海一样。

蛾儿雪柳黄金缕：形容观灯妇女的盛装。蛾儿，古代妇女于元宵节前后插戴在头上的剪彩而成的应时饰物。雪柳，原指一种植物，此处指古代妇女于元宵节插戴的饰物。黄金缕，头饰上的金丝绦。

盈盈：声音轻盈悦耳，亦指仪态娇美的样子。

暗香：本指花香，此指女性们身上散发出来的香气。

26

叶绍翁 《游园不值》

题 解

这首小诗写春日游园所见所感，十分形象而又富有理趣。尤其是春色在一"关"一"出"之间，冲破围墙，溢出园外，显示出一种蓬蓬勃勃、关锁不住的生命力。程千帆评价说："从冷寂中写出繁华，这就使人感到一种意外的喜悦。"

作 者

叶绍翁，字嗣宗，号靖逸，龙泉（今浙江龙泉）人。他性情温和，向往宁静生活，企羡隐逸，长期隐居钱塘西湖之滨。诗文多表达真情实意，匠心独具，尤擅七言绝句，是南宋著名的"江湖派诗人"之一。

注 释

不值：表示去某地方不合时，未能遇到想见之人。此处指未见到小园主人。

应怜屐齿印苍苔：也许是园主担心我的木屐踩坏他那十分爱惜的苍苔。应，表示猜测，也许之义。

张养浩 《山坡羊·潼关怀古》

题 解

这首散曲是作者在"关中大旱"之际写下的。以潼关的历史变化，道出历史兴衰均以牺牲百姓为代价。尽管朝代改换，百姓的苦痛却不能解除，作者对历史的思考和对人民的同情跃然纸上。这首曲由写景而怀古，再引发议论，将苍茫的景色、深沉的情感和精辟的议论三者完美结合，是元散曲中集思想性、艺术性于一体的名作。

作 者

张养浩，字希孟，号云庄，又称齐东野人，济南（今山东济南）人。历仕六朝，累官礼部尚书，是元代名臣之一。他少有才学，为官尽职，后世尊称为张文忠公。其诗文豪放清逸，内容充实，题材广泛，体现其美善兼具的人格情操和拯物济世的高尚襟怀。

注 释

山坡羊：曲牌名，是这首散曲的格式。

潼关：古关口名，在今陕西省潼关县，关城建在华山山腰，下临黄河，扼秦、晋、豫三省要冲，非常险要，为古代入陕门户，是历代的军事重地。

西都：指长安（今陕西西安）。此处泛指秦汉以来在长安附近所建的都城。秦、西汉建都长安，东汉建都洛阳，故称洛阳为东都，长安为西都。

伤心秦汉经行处：目睹秦汉遗迹，旧日宫殿尽成废墟，内心伤感。经行处，经过的地方，指秦汉故都遗址。

宫阙：宫，宫殿；阙，皇宫门前面两边的楼观。

兴，百姓苦；亡，百姓苦：一朝兴盛，百姓受苦；一朝灭亡，百姓依旧受苦。兴、亡，指朝代的更替。

王　冕《墨梅》

题　解

　　诗人曾在绍兴会稽九里山买地造屋，名为梅花屋，自号梅花屋主。此诗作于梅花屋内，是作者在自己所画《墨梅图》上题咏的诗作。诗中赞美墨梅不求人夸，只愿给人间留下清香的美德。这是借梅自喻，表达了作者的人生态度以及不向世俗献媚的高尚情操。

作　者

　　王冕，字元章，号煮石山农、梅花屋主等，诸暨（今属浙江）人。元末著名画家、诗人。他出身贫寒，苦读成才。一生爱好梅花，种梅、咏梅，又工画梅。以梅为伴，隐逸而居。其诗自然质朴，多同情人民苦难、谴责豪门权贵、轻视功名利禄、描写田园隐逸生活之作。

注　释

墨梅：用墨笔勾勒出来的梅花。

我家：因王羲之与王冕同姓，所以王冕便认为王姓自是一家。

洗砚池：写字、画画后洗笔洗砚的池子。王羲之有"临池学书，池水尽黑"的传说。这里化用这个典故。

　　淡墨：水墨画中将墨色分为四种：清墨、淡墨、浓墨、焦墨。这里是说那朵朵盛开的梅花，是用淡淡的墨迹点化成的。

　　只留清气满乾坤：只是要将清香之气弥漫在天地间。清气，清香之气。

29

顾炎武 《精卫》

题 解

精卫衔木石以填东海的故事，千百年来已成为人们常常吟咏的内容。精卫鸟的形象，代表了人间的一种可贵而又可悲的精神，而这种精神对于诗人这样在亡国之后永葆节操的民族志士来说，无疑是一个重要的灵魂支柱。于是诗人把自己比喻为精卫鸟，以表坚持气节之决心。

作 者

顾炎武，字宁人，人称亭林先生，南直隶昆山（今江苏昆山）人。他学识渊博，在经学、史学、音韵、小学、金石考古、方志舆地以及诗文诸领域，都有很高的造诣。他一生勤于著述，著有《日知录》《音学五书》《天下郡国利病书》等，治学主张博赡贯通，注重实证，开乾嘉汉学之先河。他提出的"保天下者，匹夫之贱，与有责焉耳矣"，后人概括为"天下兴亡，匹夫有责"。梁启超曾盛赞亭林先生"不但是经师，而且是人师"。

注　释

精卫：古代神话中所记载的一种鸟。相传是炎帝的幼女，由于在东海中溺水而死，死后化身为鸟，名叫精卫，常常到西山衔木石以填东海。

我心无绝时：我填海之心将永不改易。

鹊、燕：比喻无远见大志、只关心一己利害之人。借以讽刺当时托名遗民，而实为自己利禄打算的人。

30

秋 瑾 《满江红》

题 解

这首词是言志之作，表达作者匡国济时的凌云志，字字珠玑，句句铿锵。"身不得，男儿列；心却比，男儿烈！"这四句是鉴湖女侠的自我写照，一副巾帼英雄的形象跃然纸上。

作 者

秋瑾，字璇卿，号竞雄，别号鉴湖女侠，祖籍浙江山阴（今绍兴），生于福建闽县（今福州）。清末杰出的革命家、诗人。她蔑视传统礼法，性豪侠，习文练武，曾自费东渡日本留学。后参加革命事业，为民族解放、妇女解放运动奔走呼号，身体力行。起义失败后被捕，英勇就义。宋庆龄题词"秋瑾工诗文，有'秋风秋雨愁煞人'名句，能跨马携枪，曾东渡日本，志在革命，千秋万代俦侠名"，是对其最精当之评价。

注 释

满江红：词牌名。

秋容如拭：秋色明净，就像刚刚擦洗过一般。

四面歌残终破楚：四面歌声渐歇，我也终如汉之破楚，突破了家庭的牢笼。此处用典，取自《史记·项羽本纪》"夜闻汉军四面皆楚歌"。

八年风味徒思浙：八年来空想着故乡浙江的风味。八年，作者光绪二十二年（1896）在湖南结婚，到作词时恰好八年。

殊未屑：仍然不放在心上。殊，仍然。屑，介意。

末路：路途的终点，比喻失意潦倒或没有前途的境地。

青衫湿：失意伤心。用唐白居易《琵琶行》"座中泣下谁最多？江州司马青衫湿"典。青衫，唐代文官八品、九品服以青，为官职最低的服色。

篇目	篇目来源	版本信息	出版社	出版年份
1	《论语》	《论语译注》杨伯峻译注	中华书局	1980
2	《老子》	《老子注译及评介》陈鼓应著	中华书局	1984
3	《孟子》	《孟子正义》焦循撰 沈文倬点校	中华书局	1987
4	《庄子》	《庄子集释》郭庆藩辑 王孝鱼整理	中华书局	1961
5	《尉缭子》	《尉缭子注译》华陆综注译	中华书局	1979
6	《易传》	《周易大传今注》高亨著	齐鲁书社	1979
7	贾谊《论积贮疏》	《贾谊集校注》王洲明、徐超校注	人民文学出版社	1996
8	刘安《淮南子》	《淮南鸿烈集解》刘文典撰 冯逸、乔华点校	中华书局	1989
9	司马迁《史记》	《史记》司马迁撰	中华书局	1959
10	范晔《后汉书》	《后汉书》范晔撰	中华书局	1965
11	陶弘景《答谢中书书》	《全上古三代秦汉三国六朝文》严可均辑校	中华书局	1958
12	陈子昂《与东方左史虬修竹篇书》	《全唐诗》彭定求等编	中华书局	1960
13	柳宗元《至小丘西小石潭记》	《柳宗元集》	中华书局	1979
14	司马光《训俭示康》	《传家集》	四部丛刊本	
15	《诗经》	《诗集传》朱熹集注	中华书局	1958
16	汉古诗	《乐府诗集》郭茂倩编	中华书局	1979
17	曹操《观沧海》	《先秦汉魏晋南北朝诗》逯钦立辑校	中华书局	1983
18	曹植《七步诗》	《先秦汉魏晋南北朝诗》逯钦立辑校	中华书局	1983
19	鲍照《拟行路难》	《鲍参军集注》鲍照著 钱仲联增补集说校	上海古籍出版社	1980
20	孟浩然《过故人庄》	《全唐诗》彭定求等编	中华书局	1960
21	王昌龄《出塞》	《全唐诗》彭定求等编	中华书局	1960
22	杜甫《春夜喜雨》	《杜诗详注》杜甫撰 仇兆鳌注	中华书局	1979
23	温庭筠《梦江南》	《花间集校注》赵崇祚编 杨景龙校注	中华书局	2017
24	李煜《虞美人》	《李璟李煜词》詹安泰编注	人民文学出版社	1958
25	辛弃疾《青玉案·元夕》	《全宋词》唐圭璋编	中华书局	1965
26	叶绍翁《游园不值》	《宋诗三百首》金性尧选注	上海古籍出版社	1986
27	张养浩《山坡羊·潼关怀古》	《全元散曲》隋树森编	中华书局	1964
28	王冕《墨梅》	《元诗选》顾嗣立编	中华书局	1987
29	顾炎武《精卫》	《顾亭林诗文集》顾炎武撰 华忱之点校	中华书局	1983
30	秋瑾《满江红》	《秋瑾集》	上海古籍出版社	1979

作者作品年表

（以作者主要生活年代、成书年代为参考）

西周（前 1046—前 771）		《诗经》
东周① （前 770— 前 256）	春秋（前 770—前 476）	管子（？—前 645） 老子（约前 571—？） 孔子（前 551—前 479） 孙子（约前 545—约前 470）
	战国（前 475—前 221）	墨子（前 476 或前 480—前 390 或前 420） 孟子（约前 372—前 289） 庄子（约前 369—前 286） 屈原（约前 340—前 278） 公孙龙（约前 320—前 250） 荀子（前 313—前 238） 宋玉（约前 298—前 222） 韩非子（约前 280—前 233） 吕不韦（？—前 235） 《黄帝四经》 《吕氏春秋》 《左传》 《列子》 《国语》 《尉缭子》 《易传》
秦（前 221—前 206）		李斯（？—前 208）
汉 （前 206— 公元 220）	西汉②（前 206—公元 25）	贾谊（前 200—前 168） 韩婴（约前 200—约前 130） 司马迁（约前 145—？） 刘向（约前 77—前 6） 扬雄（前 53—公元 18） 《礼记》 《淮南子》
	东汉（25—220）	崔瑗（77—142） 张衡（78—139） 王符（约 85—162） 曹操（155—220）
三国（220—280）		诸葛亮（181—234） 曹丕（187—226） 曹植（192—232） 阮籍（210—263） 傅玄（217—278）

晋 （265—420）	西晋（265—317）	李密（224—287） 左思（约 250—约 305） 郭象（约 252—312）
	东晋（317—420）	王羲之（303—361，一说 321—379） 陶渊明（约 365—427）
南北朝 （420—589）	南朝（420—589）	范晔（398—445） 陶弘景（456—536） 刘勰（约 465—约 532）
	北朝（386—581）	郦道元（约 470—527） 颜之推（531—约 590）
隋（581—618）		魏徵（580—643）
唐③（618—907）		骆宾王（约 626—684 以后） 王勃（约 650—约 676） 杨炯（650—？） 贺知章（约 659—约 744） 陈子昂（659—700） 张若虚（约 670—约 730） 张九龄（678—740） 王之涣（688—742） 孟浩然（689—740） 崔颢（？—754） 王昌龄（698—756） 高适（约 700—765） 王维（701—761） 李白（701—762） 杜甫（712—770） 岑参（约 715—约 769） 张志和（732—774） 韦应物（约 737—792） 孟郊（751—814） 韩愈（768—824） 刘禹锡（772—842） 白居易（772—846） 柳宗元（773—819） 李贺（790—816） 杜牧（803—852） 温庭筠（812？—866） 李商隐（约 813—约 858）
五代十国（907—979）		李璟（916—961） 李煜（937—978）

宋 （960—1279）	北宋（960—1127）	柳 永（约 987—1053） 范仲淹（989—1052） 晏 殊（991—1055） 宋 祁（998—1061） 欧阳修（1007—1072） 苏 洵（1009—1066） 周敦颐（1017—1073） 司马光（1019—1086） 曾 巩（1019—1083） 张 载（1020—1077） 王安石（1021—1086） 程 颐（1033—1107） 李之仪（1048—约 1117） 苏 轼（1037—1101） 黄庭坚（1045—1105） 秦 观（1049—1100） 晁补之（1053—1110） 周邦彦（1056—1121） 李清照（1084—1155） 陈与义（1090—1139）
	南宋（1127—1279）	岳 飞（1103—1142） 陆 游（1125—1210） 杨万里（1127—1206） 朱 熹（1130—1200） 张孝祥（1132—1170） 陆九渊（1139—1193） 辛弃疾（1140—1207） 姜 夔（约 1155—1221） 陈 亮（1143—1194） 丘处机（1148—1227） 叶绍翁（1194—1269） 文天祥（1236—1283）
元④（1206—1368）		关汉卿（约 1234 前—约 1300） 马致远（约 1250—1321 以后） 张养浩（1270—1329） 王 冕（1287—1359） 萨都剌（约 1307—1355？）

明（1368—1644）	宋濂（1310—1381） 刘基（1311—1375） 于谦（1398—1457） 钱鹤滩（1461—1504） 王阳明（1472—1529） 杨慎（1488—1559） 归有光（1507—1571） 汤显祖（1550—1616） 袁宏道（1568—1610） 张岱（1597—约1676） 黄宗羲（1610—1695） 李渔（1611—1680） 顾炎武（1613—1682）
清⑤（1616—1911）	徐灿（约1618—约1698） 纳兰性德（1655—1685） 彭端淑（约1699—约1779） 袁枚（1716—1797） 戴震（1724—1777） 龚自珍（1792—1841） 魏源（1794—1857） 曾国藩（1811—1872） 康有为（1858—1927） 谭嗣同（1865—1898） 梁启超（1873—1929） 秋瑾（1875—1907） 王国维（1877—1927）

说明

①一般来说，把公元前770—公元前476年划为春秋时期；把公元前475—公元前221年划为战国时期。

②9年，王莽废汉帝自立，改国号为"新"；23年，王莽"新"朝灭亡，刘玄恢复汉朝国号，建立更始政权；25年，更始政权覆灭。

③690年，武则天称帝，改国号为"周"；705年，武则天退位，恢复国号"唐"。

④1206年，铁木真建立大蒙古国；1271年，忽必烈定国号为元。

⑤1616年，努尔哈赤建立后金；1636年，改国号为清；1644年，明朝灭亡，清军入关。

出版后记

"中华古诗文经典诵读工程"于1998年由中国青少年发展基金会发起。作为诵读工程指定读本的《中华古诗文读本》于同年出版。二十五年来，"中华古诗文经典诵读工程"影响了数以千万计的读者,《中华古诗文读本》因之风行并被称誉为"小红书"。

为继续发挥"小红书"的影响力，方便读者从中汲取中华优秀传统文化的养分，中国青少年发展基金会、中国文化书院、陈越光先生与中国大百科全书出版社决定再版"小红书"，并且同意再版时秉持公益精神，践行社会责任，以有益于中华传统文化普及与中小学生文化素养提高为首要目标。

"小红书"已出版二十五年。为给读者更好的阅读体验，在确保核心文本不变的前提下，我们征求并吸取了广大读者的意见，最后根据意见确定了以下再版原则：版本从众，尊重教材；注音读本，规范实用；简注详注，相得益彰；准确诵读，规范引领；科学护眼，方便阅读。可以说，这是一套以中小学生为中心的中国经典古诗文读本。

"小红书"以其中国特色、中国风格、中国气派、中国思想而备受读者青睐，使其畅销多年而不衰。三百余篇中国经典古诗文，不仅是中华民族基本思想理念的经典诠释，也是中华儿女道德理念和规范的精彩呈现。前者如革故鼎新、与时俱进的思想，脚踏实地、实事求是的思想，惠民利民、安民富民的思想等；后者如天下兴亡、匹夫有责的担当意识，精忠报国、振兴中华的爱国情怀，崇德向善、见贤思齐的社会风尚等。细细品之，甘之如饴。

四十余年来，中国大百科全书出版社坚守中华文化立场，一心一意为读者出版好书，积极倡导经典阅读。这套倾力打造的《中华古诗文读本》值得中小学生反复诵读，希望大家喜欢。

由于资料及水平所限，书中不妥之处在所难免，敬请读者批评指正，我们将不胜感激！

2023 年 6 月 6 日